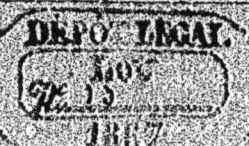
I0682672

HISTOIRE DU SONNET,

SA GRANDEUR ET SA DÉCADENCE.

ENTRETIEN LITTÉRAIRE.

PAR M. RICHAUD,

Proviseur du Lycée Impérial, Officier de l'instruction publique.
Membre des Sociétés des Sciences, Lettres et Arts des Hautes-Pyrénées,
de l'Aube, de Dunkerque et de Lille.

CAHORS :

22 février 1867.

Imprimerie J.-G. PLANTADE.

HISTOIRE DU SONNET,

SA GRANDEUR ET SA DÉCADENCE.

ENTRETIEN LITTÉRAIRE.

PAR M. RICHAUD,

Proviseur du Lycée Impérial, Officier de l'instruction publique.
Membre des Sociétés des Sciences, Lettres et Arts des Hautes-Pyrénées,
de l'Aube, de Dunkerque et de Lille.

CAHORS :
22 février 1867.

Imprimérie J.-G. PLANTADE.

HISTOIRE DU SONNET,

SA GRANDEUR ET SA DÉCADENCE.

———∘∘⦂∘⦂∘∘———

MESDAMES ET MESSIEURS,

Les moments qu'il nous a été donné de passer avec vous nous ont laissé de trop agréables souvenirs pour qu'en revenant aujourd'hui nous ne nous sentions pas partagés entre le plaisir et la crainte.

Oui, nous sommes heureux de nous retrouver dans cette chaire, au milieu de cette assemblée qui voulut bien nous accueillir avec tant de faveur; mais aussi nous redoutons de ne pouvoir répondre à une attente beaucoup trop flatteuse, excitée encore par l'intérêt que vous attachez à tout ce qui est grand et beau.—Votre bienveillance ayant surfait notre mérite, il y a danger pour nous que cette curiosité élevée que vous apportez ne soit, sinon complètement déçue, au moins médiocrement satisfaite.

Encore si nous venions avec un de ces sujets capables de fixer l'attention et de soutenir la faiblesse, à défaut de confiance en nous-mêmes, nous pourrions mettre notre espoir en vous; mais nous n'avons à vous offrir qu'une de ces causeries légères qui ont besoin d'être relevées par un talent qui nous manque.—Mesdames et Messieurs, si vous voulez que nous nous tirions heureusement d'affaire, prêtez-nous un instant l'esprit que vous avez.

Il y a, dans une comédie de Molière, présente à tous les souvenirs, un personnage légèrement ridicule — de qualité pourtant — qui après avoir essayé par des avances intéressées, de gagner les bonnes grâces d'un auditeur franc et loyal, tire gravement de sa poche un rouleau de papier, l'ouvre avec une lenteur calculée, et dit d'une voix solennelle: *Sonnet.—C'est un Sonnet.*

Je ne voudrais pas ressembler à ce personnage, et pourtant mon papier et le sien portent le même titre : *Sonnet !* C'est en effet du Sonnet que je viens très sérieusement vous entretenir. La tentative, je l'avoue, est au moins singulière. On peut se demander quel rapport il y a entre le sonnet et les choses du temps présent; si c'est un de ces produits du sol et du climat dont on apprécie au loin les mérites; en un mot quel intérêt de localité ou d'actualité nous a fait choisir entre tant de sujets cette étrange matière.

Mon Dieu, Mesdames et Messieurs, passez-nous un peu nos travers. Nous reviendrons peut-être quelque jour fouiller de nouveau dans vos riches annales. Les grandes choses et les grands hommes ne manquent pas chez vous à notre admiration, et notre admiration ne fait défaut à son tour ni à vos grands hommes ni aux grandes choses qu'ils ont faites; mais nous sommes, nous, dirai-je volontiers, les représentants de l'idée générale. La littérature et l'histoire ont de vastes aspects par lesquels elles nous attirent et nous captivent, et moins une question offre d'intérêt particulier, plus elle nous séduit et nous attache.

Nous allons donc faire aujourd'hui, si vous le voulez bien, de la littérature pure et désintéressée — comme on fait parfois de la musique pour se distraire et passer le temps; puissiez-vous, après m'avoir entendu, ne pas trouver que vous ayez perdu le vôtre.

Sonnet vient de *son*, comme *chanson* vient de *son* et de *chant*. Les troubadours — ces glorieux enfants de notre Midi, dont le dernier sans doute a été ce Jasmin d'Agen auquel toute la contrée élevait naguère une statue; les troubadours — qui au millieu de la barbarie du moyen-âge retrouvèrent la poésie et la musique, avec les rapports intimes qui les unissent l'une à l'autre ; les troubadours ont donné ce nom de Sonnet à de petits poèmes, chantés comme la chanson et accompagnés comme elle du son des instruments, sans être assujettis encore à aucune forme particulière.

Faut-il remonter plus haut et demander aux Arabes — aux Arabes d'Espagne — le fond, la donnée première de ces légères et gracieuses compositions, où la recherche ingénieuse de l'expression et de l'idée s'associe souvent à la naïveté d'un sentiment tendre et délicat ? Je ne l'oserais ici ; mais vous le voyez, l'origine du Sonnet, comme celle des grands empires, se perd dans la nuit des temps.

La poésie des troubadours ne devait rien à l'antiquité : elle était le produit spontané d'une civilisation nouvelle ; malheureusement cette civilisation et cette poésie, fleurs précoces de nos climats, eurent à peine un printemps ; le souffle du Nord les emporta, comme il fait encore sur nos côteaux des fleurs hâtives de l'amandier.

Une contrée voisine en recueillit le parfum ; du Midi de la France à l'Italie et particulièrement de la Provence à Naples et à la Sicile, il n'y a qu'un pas. Les langues étaient sœurs, les peuples étaient frères ; le Sonnet trouva sous ce ciel bleu, sur cette terre chaude et féconde des conditions admirables de développement ; il y fleurit dans sa grâce et dans sa beauté.

Le premier Sonnet connu, dans sa forme définitive, avec deux quatrains sur les mêmes rimes suivis de deux tercets, est de ce malheureux Pierre des Vignes, chancelier de l'Empereur Frédéric II, qui faussement accusé d'avoir voulu empoisonner son maître et condamné à avoir les yeux crevés se brisa la tête de désespoir contre les murs de sa prison.

La vie et la mort de ce personnage vous ont été naguère racontées, ici même, avec l'autorité du savoir, et vous vous êtes dit en frémissant que tout n'est pas roses pour les faiseurs de Sonnets, même quand une haute position leur permet de se livrer à cet innocent exercice.

En général, les faiseurs de Sonnets ont été malheureux.

Le Sonnet, tel que nous le connaissons, est donc né en Sicile, dans la première moitié du 13° siècle. Nous voilà bien en règle avec son état civil.

Que nous veut donc Boileau avec son Dieu bizarre et ses rimeurs poussés à bout, quand il prétend qu'Apollon, en personne, s'est donné la peine d'inventer les lois rigoureuses du Sonnet ? Le législateur du Parnasse fait bon marché de l'histoire, de la littérature et de la mythologie !

Cet enfant gâté de la muse—je parle du Sonnet—a eu depuis ce temps la bonne fortune singulière de plaire à tous les grands esprits ; les génies les plus sublimes l'ont comblé de leurs dons ; il a parlé toutes les langues, enchanté toutes les cours ; les belles dames ont répondu à ses galanteries par leurs plus aimables sourires, et nul mieux que lui n'a su conquérir et garder la faveur des princes, *gratia regum*.

Qu'a-t-il fait pour mériter tant de bonheur ?

D'abord il s'est donné la peine de naître.

C'est le plus aristocratique poème qui ait jamais existé.

Mais que son heureux destin ne nous fasse pas oublier ses services.

C'est lui, ce sont ses exigences impérieuses qui forçant nos idiomes modernes à se plier, à s'assouplir, à revêtir en dépit de leur rudesse native, des idées fines et délicates, à rechercher la cadence et l'harmonie, quand tout en eux était dur et rocailleux, ont façonné et poli la langue poétique, et ajouté, sinon à la grandeur, du moins à l'élégance de la civilisation.

Ce que le vers antique avec son rhythme cadencé et son mouvement musical, avait donné aux langues de la Grèce et de Rome de précision et de symétrie, en même temps que de grâce assouplie et mélodieuse, le Sonnet avec ses coupes, ses balancements, ses retours, avec le choix de ses mots, l'abondance de ses rimes, avec le développement contenu de l'idée et son épanouissement final, le Sonnet l'a rendu d'abord à la langue italienne et l'a prêté ensuite aux autres langues qui le lui ont demandé.

Nous, Messieurs, qui écrivons aujourd'hui à peu près comme nous parlons, un peu moins bien quelquefois, nous avons perdu ces admirables secrets de style qui faisaient que les choses véritablement écrites durent éternellement. Ces formes exquises et suprêmes, ces formes maîtresses que les anciens possédaient, et que les premiers des modernes ont recherchées avec amour, nous les dédaignons maintenant; elles donnent trop de mal à obtenir. Aussi ce que nous écrivons dure à peine autant que nous-mêmes. Que de poètes et de prosateurs surpris et désolés de survivre à leurs œuvres! C'est qu'il manque à notre pensée un moule où elle entre avec peine, où elle acquière la force et la solidité et d'où elle sorte radieuse et triomphante.

« Tout ainsi que la voix, dit Montaigne, contraincte dans l'étroit canal d'une trompette, sort plus aigre et plus forte; ainsi me semble-t-il que la sentence pressée aux pieds nombreux de la poésie, s'élance bien plus brusquement et me fiert—me frappe --d'une plus vive secousse. »

Ne nous étonnons donc pas si Dante, Milton et Shakespeare, si Michel-Ange, lui-même, et Raphaël, ces demi-dieux de l'art et de la poésie, en même temps qu'ils dessinaient à grands traits leurs damnés, leurs démons, leurs sorcières, leurs prophètes et leurs madones, enchâssaient aussi quelquefois dans le cadre étroit d'un Sonnet une petite miniature amoureusement caressée.

Que de fois le peintre, en essayant ses crayons poursuit, sans le vouloir, de capricieuses et séduisantes arabesques !

Sa main s'exerce et se repose.

Ainsi faisaient du Sonnet ces grands poètes qui étaient aussi de grands peintres, et ces grands peintres qui étaient aussi de grands poètes.

Mesdames et Messieurs, dans les pays comme le vôtre où l'on n'a qu'à gratter le sol pour trouver les débris des âges disparus, il n'est pas rare de rencontrer d'élégantes petites fioles de cristal au col étroit, à l'ouverture évasée dont la destination a pu demeurer longtemps inconnue. Les antiquaires les appellent des lacrymatoires. Il paraît que mieux pénétrés que nous de la valeur des larmes, les anciens ne les laissaient pas toujours se perdre ou se dessécher, mais conservaient comme de doux et précieux trésors celles qu'ils avaient versées dans les circonstances mémorables de leur vie.

Le Sonnet nous a toujours fait l'effet de ces vases exquis destinés à garder le parfum de nos joies et de nos douleurs.

Ainsi paraît l'avoir compris celui qui a donné à ce petit poème toute la perfection qu'il pouvait recevoir.

Déjà, nous avons eu l'honneur de vous entretenir de Pétrarque; il nous a été donné de vous raconter comment il fit la rencontre de celle qu'il aima, qu'il chanta, et qui est devenue immortelle par lui, comme il est devenu immortel par elle; aujourd'hui, notre sujet nous amène à vous dire comment il la perdit, et comment, sous l'influence de ces deux phases diverses d'un même sentiment, le Sonnet après avoir été l'expression la plus élevée de l'amour pur, devint la plainte touchante de la douleur et de la mort.

—L'amour et la mort — il faut en faire en passant la remarque—voilà les deux sources les plus fécondes auxquelles le Sonnet a puisé ses inspirations. —

Pétrarque, lui, a été à la fois le dernier des anciens et le premier des modernes. Le vrai père du sonnet est aussi le vrai père de la renaissance. Placé entre un monde qui finit et un monde qui commence, il semble destiné à les rapprocher et à les unir. En même temps qu'il fait des lettres et des traités comme Sénèque, des poèmes épiques comme Silius Italicus; en même temps qu'il va comme un croisé du paganisme à la recherche de l'antiquité perdue, et qu'il a cette joie sans égale de retrouver deux grands maîtres, Quintilien et Cicéron, il crée pour un sentiment nouveau des chants que l'humanité n'avait pas encore entendus, *Carmina non prius audita*.

Tourmentée comme l'époque qu'il traversa, comme le torrent écumeux au bord duquel il chercha vainement un asile, sa vie s'agite et s'écoule entre l'étude et les voyages, les lettres et la politique, le triomphe même et la solitude; il ne trouve le repos nulle part.

Mais sur quelque horizon lumineux ou sombre que se découpe sa fine silhouette florentine, partout, toujours, à côté et un peu au-dessus de lui, rayonne dans un nimbe d'or une belle tête blonde.

Comme Dante, conduit par Béatrix, il marche à la clarté

d'une âme. Qu'avaient-ils donc au cœur ces deux grands poètes, et qu'ont-ils mis dans leurs vers immortels? Le respect, je dirai presque le culte de la femme.

Un départ, un retour; le nuage que le vent pousse vers la contrée où réside l'objet adoré, le fleuve que sa pente y entraîne; l'aspect de la demeure où il est renfermé; un regard, une rencontre, un gant ramassé et rendu; un portrait qu'un artiste fait de mémoire, tels sont les grands événements de ce roman étrange, les chants divins de ce poème d'amour.

A défaut du bonheur, le poète a trouvé la gloire; les princes l'ont chargé des plus importantes missions; Florence, sa patrie, lui a rendu le droit de cité; Rome l'a couronné au Capitole... Tout-à-coup un de ces fléaux terribles que de temps en temps l'Orient nous envoie, et qui, cette fois, emporta les deux tiers de l'humanité, fond sur le midi de l'Europe et ravage la France et l'Italie.

Pétrarque est à Vérone; ses amis tombent autour de lui. Entouré de deuil, agité de pressentiments funestes, il attend des nouvelles de ce pays qu'habite sa pensée... Mais qui songe à écrire, à porter des messages? C'est à peine si les vivants suffisent à enterrer les morts. Le 6 avril 1348, au même mois, au même jour, à la même heure, où, pour la première fois, vingt ans auparavant, il l'avait vue, Laure était morte.... morte de la peste.

—Vous rappelez-vous Lamartine et Victor Hugo pleurant leurs enfants bien-aimées? Quels regrets et quel déchirement! Non, il n'y a pas d'amertume plus profonde, et pourtant quelle espérance sereine de l'autre vie, quelle attente convaincue de l'immortalité!

Pétrarque avait déjà trouvé ces accents.

« Si j'entends gémir les oiseaux, frémir le feuillage et murmurer l'onde limpide sur la rive fraîche et fleurie, je vois, j'écoute celle que le ciel ne fit que nous montrer, que la terre nous cache, et qui de si loin, comme si elle était encore vivante, répond à mes soupirs. Et pourquoi te consumer avant l'heure, me dit-elle avec une douce pitié? Pourquoi verser tant de larmes? Ne pleure pas sur moi; la mort m'a donné des jours

sans fin ; quand je parus fermer les yeux, je les ouvris à l'éternelle lumière. »

Voilà le Sonnet, tel que Pétrarque l'a fait ; c'est-à-dire un
petit chef-d'œuvre de sentiment et de style, doué de l'éternelle
beauté et de l'éternelle jeunesse. Malheureusement ces délica-
tesses se sentent, mais ne se reproduisent pas ; si, comme les
Italiens le prétendent, traduire c'est trahir, cela est vrai surtout quand il s'agit de Pétrarque.

Nul poète jamais ne fit une impression si profonde et si du-
rable ; nul jamais ne compta de si nombreux imitateurs. Pé-
trarquiser fut longtemps en Italie quelque chose de plus qu'une
mode ; faire des Sonnets devint l'occupation de quiconque se
figurait, à tort ou à raison, avoir une idée dans la tête ou un
sentiment dans le cœur ; c'est-à-dire qu'il n'y eut presque plus
d'autre manière de se pousser auprès des grands, de s'insinuer
auprès des dames ; tout homme comme il faut devait connaître
cette élégante manière de s'exprimer. Sans compter ces esprits
faciles, et il y en a toujours eu beaucoup en Italie, qui savaient
dans l'occasion mettre sur pied un Sonnet présentable, on a
calculé que dans le seizième siècle seulement, il n'y eut pas au-
delà des Alpes, moins de six cent soixante et un faiseurs de
Sonnets de profession.

On comprend que ce troupeau servile, exagérant les défauts
du maître, affaiblissant ses qualités, n'ait su conserver à l'œuvre ni son caractère si élevé, ni sa forme si exquise et si pure.

Ces ornements contournés et bizarres dont la corruption du
goût a surchargé le Sonnet, les Italiens ont un mot pour les ca-
ractériser et les dépeindre ; ils les appellent des *girandoles.*

Comme une plante, qui dépérit quand le sol qui l'a fait naître semble épuisé de la nourrir, voit ses rejetons prospérer sur
une terre nouvelle, le Sonnet, après avoir fleuri en Italie, trans-
porté en France, en Angleterre, en Espagne, trouva dans cha-
cune de ces contrées une faveur nouvelle et un nouvel éclat.

Ce fut chez nous affaire d'engoûment et d'imitation. Nous
avions, à la suite de nos rois, passé et repassé les Alpes ; la
renaissance nous fascina. Ce savoir si profond, ce langage si
doux ; ces monuments, ces tableaux, ces statues ; ces sculpteurs ;

ces peintres, ces architectes ; cette vie facile et charmante,
ce luxe des grandes et des petites choses ; cette civilisation en
un mot si élégante et si raffinée, ce fut tout ce qui nous resta
de nos conquêtes tant de fois perdues.

Il y avait dans ce temps là un ministre de Léon X qui s'appelait Bembo. C'était un patricien de Venise, spirituel et savant,
aimable et superbe ; il imitait Pétrarque à ravir.

Ce fut lui tout d'abord que nos ambassadeurs et les hommes
de lettres qui les accompagnaient se proposèrent pour modèle.

Etienne Pasquier, dans ses recherches sur la France, affirme
que le Sonnet fut importé d'Italie par Joachim du Bellay, et il
donne pour preuve le témoignage de ce poète.

Mais la gloire d'avoir rendu le Sonnet à la France, et d'avoir
donné à ce petit poème toute la perfection et toute la célébrité
auxquelles il était en droit de prétendre dans notre langue, appartient proprement à Ronsard. Ronsard est encore aujourd'hui
dans cet art délicat le maître et le modèle ; les plus beaux Sonnets qui se puissent citer sont de lui.

Il y a quarante ans à peine que cette grande renommée poétique a été vengée de l'oubli et du mépris de deux siècles, et
qu'elle a repris avec éclat son rang dans notre littérature.

C'est qu'il y a des révolutions littéraires, comme il y a des
révolutions politiques, et les poètes, ces rois de la pensée, peu-
vent aussi être détrônés, rétablis, renversés encore.

Ronsard a eu sa restauration.

L'influence qu'il a exercée sur les poètes de nos jours est plus
considérable qu'ils ne l'ont reconnu eux-mêmes. Sans parler de
ces rhythmes légers et charmants dont il fut l'inventeur, et
qu'ils lui ont empruntés, de ce vers large, plein et sonore qu'ils
ont essayé de reproduire, mais qui lui appartient, quand à
côté du *pélican* de Musset, par exemple, on met le *phényx* de
Ronsard, on est tout surpris d'une si proche parenté de pensée
et de style, et l'on se demande quelle est celle de ces deux inspirations qui a précédé l'autre et l'a elle-même inspirée.

Les lauriers et surtout la Laure de Pétrarque empêchaient
Ronsard de dormir ; au lieu d'une, il en a chanté quatre :
Cassandre, Marie, Hélène, et puis Olive, je crois, sans parler

de quelques autres plus ou moins célèbres— toujours en Sonnets plus ou moins immortels. Quand elles viennent à mourir,
car hélas ! elles meurent, il dépose délicatement un Sonnet sur
leur tombe, et, ce devoir accompli, pareil à ce hérault de l'an-
cienne monarchie, on l'entend qui s'écrie : Le Roi est mort,
vive le Roi !

Assistons aux funérailles de Marie.

> Comme on voit sur la branche, au mois de mai, la rose
> En sa belle jeunesse, en sa première fleur,
> Rendre le ciel jaloux de sa vive couleur,
> Quand l'aube, de ses pleurs, au point du jour l'arrose;
>
> La grâce, dans sa feuille et l'amour se repose,
> Embaumant les jardins et les arbres d'odeur;
> Mais battue ou de pluie, ou d'excessive ardeur,
> Languissante elle meurt, feuille à feuille déclose.
>
> Ainsi, dans ta première et jeune nouveauté,
> Quand la terre et le ciel honoraient ta beauté
> La Parque t'a tuée et, cendre tu reposes;
>
> Pour obsèques, reçois mes larmes et mes pleurs,
> Ce vase plein de lait, ce panier plein de fleurs,
> Afin que vif et mort ton corps ne soit que roses.

Certes ! voilà bien le plus ravissant petit poème qui se puisse
imaginer. Est-il possible en effet d'avoir plus d'esprit, plus de
fraîcheur, plus de grâce; de s'approprier plus heureusement
les formes pures de l'antiquité? Comme on aime à retrouver
dans ce : *Languissante elle meurt*; le *languescit moriens* de Virgile ! Mais est-ce bien là le langage de la douleur? sont-ce les
sentiments que doit inspirer la perte irréparable d'un objet
adoré?

Un ancien va nous répondre :

« Un jour, Marcus Calidius plaidait contre Quintus Gallius,
qu'il accusait d'avoir voulu l'empoisonner. — J'ai, disait-il, dé-
couvert le poison, je dénonce un crime manifeste. — Et le voilà
qui disserte là-dessus pendant deux heures avec le plus grand
calme et la recherche la plus minutieuse. — Eh quoi, Marcus
Calidius, lui dis-je, en répliquant, un pareil crime, s'il était vrai,

vous laisserait aussi froid ! Vous qui défendez avec tant de
chaleur les biens, l'honneur et la vie de gens qui ne vous sont
rien, votre propre péril vous toucherait si peu ! Où sont ces
emportements et ces cris que la passion arrache à l'instinct
même des êtres qui sont muets ? Quoi ! nul trouble dans votre
esprit, nul désordre dans votre personne ! Vous ne vous frappez
ni le front ni la cuisse, et votre pied ne trépigne pas ! Aussi,
tant s'en faut que vous ayez enflammé nos cœurs, qu'au con-
traire, à notre banc, tandis que vous parliez, nous avions
peine à nous empêcher de dormir. » — Les juges se mirent à
rire et renvoyèrent Quintus Gallius absous.

Ronsard n'avait donc rien perdu, et la virginale enfant sur la
tombe de laquelle il effeuille les roses et verse à flots le lait
à l'imitation des bergers de Sicile ou d'Arcadie, sans souci
ni regret de sa belle âme envolée, nous fait un peu l'effet de ces
petits oiseaux trouvés morts dans leur cage, qu'une troupe de
petits garçons et de petites filles, moitié gais, moitié tristes,
mettent en terre, sous un rosier, dans un coin de leur jardin.

Voici qui nous paraît plus vrai, sans cesser d'appartenir,
par la morale et par le trait final, à l'antiquité et au paganisme.

> Quand vous serez bien vieille, au soir, à la chandelle,
> Assise au coin du feu, devisant et filant,
> Direz, chantant mes vers, en vous émerveillant :
> Ronsard me célébrait, du temps que j'étais belle.
>
> Lors, vous n'aurez servante, ayant telle nouvelle,
> Déjà sous le labeur à demi sommeillant,
> Qui au bruit de mon nom ne s'aille réveillant,
> Bénissant votre nom de louange immortelle.
>
> Je serai sous la terre, et, fantôme sans os,
> Par les myrtes ombreux je prendrai mon repos,
> Vous serez au foyer une vieille accroupie,
>
> Regrettant mon amour, et votre fier dédain.
> Vivez, si m'en croyez ; n'attendez à demain ;
> Cueillez dès aujourd'hui les roses de la vie.

Ronsard, dans ce Sonnet, nous rappelle à la fois, un ancien
et un moderne.

« Que la vie, dit le premier, s'écoule dans une longue tris-
tesse, ou que le charme de la campagne, le doux loisir, le bon
vin embellissent tes jours, la mort inévitable t'attend.

« Donc, sur ces bords hospitaliers, à l'ombre fraternelle des
peupliers et des pins, au doux murmure d'une onde fugitive et
limpide, fais apporter ces vins, ces parfums, ces roses, hélas !
éphémères. Tu es jeune, tu es riche ; et la Parque a de quoi
filer.... »

Vous vieillirez,
dit l'autre
ô ma belle maitresse,
Vous vieillirez et je ne serai plus.

Mais comme il ennoblit sa destinée en la rattachant à celle de
son pays.

Vous que j'appris à pleurer sur la France,
Dites surtout aux fils des nouveaux preux
Que j'ai chanté la gloire et l'espérance
Pour consoler mon pays malheureux.
Rappelez-leur que l'Aquilon terrible,
De nos lauriers a détruit vingt moissons ;
Et, bonne vieille, au coin d'un feu paisible
De votre ami répétez les chansons !

Et comme il se console de mourir par la pensée de l'éternelle
patrie !

Objet chéri, quand mon renom futile
De vos vieux ans charmera les douleurs,
A mon portrait quand votre main débile
Chaque printemps suspendra quelques fleurs,
Levez les yeux vers ce monde invisible
Où pour toujours nus nous réunissons,
Et, bonne vieille, au coin d'un feu paisible
De votre ami répétez les chansons !

On sent que le christianisme a passé par là.

C'est ainsi que les mortels ne se transmettent pas seulement la
vie, ce flambeau qui s'éteint ; ils se transmettent aussi la pensée,
ce flambeau qui ne s'éteint pas.

L'Ode, le Sonnet, la Chanson sont trois variétés d'un même genre ; entre le ton élevé de l'une, et le ton ordinairement léger de l'autre, le Sonnet s'est tenu dans un milieu tempéré ; la nature lui ayant refusé les grandes proportions, il a demandé à l'art les perfections délicates. C'est ainsi que la pierre précieuse ne pouvant devenir un monument, se contente d'être un bijou ; il y a beaucoup de personnes qui apprécient ces petites choses-là.

Au point où nous sommes arrivés de son histoire, le Sonnet a déjà donné par sa forme seule à notre poésie lyrique le tercet et le quatrain, et par la combinaison de ces deux éléments la strophe de six vers dont les variétés sont si nombreuses et si riches, et celle de dix vers qui a tant d'ampleur et de majesté.

Ronsard et ses contemporains, bien qu'ils aient tout essayé jusqu'à la tragédie et à l'épopée, sont surtout des lyriques ; leur luth à la vérité possède moins de cordes graves que de cordes tendres ; c'est parfois le luth de Pindare, mais c'est le plus souvent le luth d'Anacréon.

Quoi qu'il en soit, en abreuvant notre poésie aux sources antiques, ils ont donné plus d'élévation et de noblesse à l'esprit français. Malherbe aura beau les biffer, il leur devra toujours quelque chose, et le 17ᵉ siècle en les reniant ne sera pas seulement coupable d'injustice, il méritera aussi le reproche d'ingratitude.

Ce fut dans les dernières années du règne de Henri II que s'accomplit ce beau mouvement littéraire.

« Jamais cour, dit l'auteur de la princesse de Clèves, n'eut tant de belles personnes et d'hommes admirablement bien faits, et il semblait que la nature eut pris plaisir à placer ce qu'elle donne de plus beau dans les plus grands princes et les plus grandes princesses. Mᵐᵉ Elisabeth de France, qui fut depuis reine d'Espagne, commençait à faire paraître un esprit supérieur et cette incomparable beauté qui lui a été si funeste. Marie Stuart, reine d'Ecosse, qui venait d'épouser M. le Dauphin et qu'on appelait la reine Dauphine, était une personne parfaite pour l'esprit et pour le corps ; elle avait été élevée à la cour de France, elle en avait pris toute la politesse, et elle était née avec tant de dispositions pour les belles choses que, malgré sa grande jeunesse, elle les aimait et s'y connaissait mieux que personne. La reine, sa belle-mère et Madame, sœur du roi, aimaient aussi les vers, la comédie et la musique ; le goût que le roi François Ier avait eu pour la poésie et pour les lettres, régnait encore en France, et le roi son fils aimant les exercices du corps, tous les plaisirs étaient à cette cour. »

Eh bien, Mesdames et Messieurs, dans cette cour si élégante et si spirituelle, se distinguait, par la finesse de son esprit et l'élégance de ses manières, un enfant de Cahors, l'émule et l'ami de Ronsard, le secrétaire des commandements du roi, Olivier de Magny.

Un soir il lut, à la jeune Reine Dauphine, qui le trouva ravissant, le Sonnet que nous allons vous lire.

C'est un dialogue entre l'auteur et Caron.

L'auteur suppose qu'il est mort, mort d'amour naturellement, et qu'il s'en va dans l'autre monde. Arrivé sur les bords du Styx, il appelle le vieux nocher.

> Hola ! Caron, Caron, nautonnier infernal !
> —Quel est cet importun qui si pressé m'appelle ?
> —C'est le cœur éploré d'un amoureux fidèle,
> Lequel, pour bien aimer n'eût jamais que le du mal.
>
> —Que cherches-tu de moi ?
> —Le passage fatal.
> —Quel est ton homicide ?
> —O demande cruelle !
> Amour m'a fait mourir.
> —Jamais dans ma nacelle,
> Nul sujet de l'amour je ne conduis à val.
>
> —Eh ! de grâce Caron, conduis-moi dans ta barque.
> —Cherche un autre nocher ; car ni moi, ni la Parque
> N'entreprendrons jamais sur ce maître des Dieux.
>
> — J'irai donc malgré toi ; car je porte dans l'âme
> Tant de traits amoureux, tant de larmes aux yeux
> Que je serai le fleuve et la barque et la rame.

Colletet, le premier historien du Sonnet, nous apprend que

celui-ci eut tant de succès à la cour du roi Henri second, et passa pour un ouvrage si charmant et si beau qu'il n'y eut presque point alors de curieux qui n'en chargeât ses tablettes ou sa mémoire.

Avons-nous besoin d'avouer qu'il sent un peu son retour d'Italie, et qu'il n'est pas complètement dépourvu de girandoles? On nous accordera bien en revanche que le tour en est galant et original.

Un autre historien du Sonnet qui nous fait concurrence à l'heure qu'il est, et auquel nous empruntons, sans rien dire, une ou deux idées, n'aime pas beaucoup ce fameux dialogue entre Olivier et Caron, qui lui rappelle le fameux *hòla ! maître Orsini, tavernier du diable,* de la fameuse Tour de Nesle des fameux Alexandre Dumas et Frédéric Guillardet.

Ce rapprochement peut avoir son mérite littéraire; mais en voici un qui a une valeur historique et qui nous plaît davantage.

Marguerite de Valois, sœur de François Ier, la première Marguerite, ou comme on disait alors, en jouant sur ce mot qui veut dire perle, la Marguerite des reines et la reine des Marguerites, eut pour secrétaire de ses commandements un poète enfant de Cahors, Clément Marot, dont un de nos savants collègues a finement apprécié, ici même, l'année dernière, l'esprit fin et délicat.

Henri II, le neveu de cette Marguerite, eut aussi pour secrétaire de ses commandements, comme nous venons de le voir, un poète, enfant de Cahors, Olivier de Magny, dont un de vos compatriotes, aussi ingénieux que savant, a retracé la vie, à l'aide de ses œuvres et de celles d'autres poètes ses contemporains. — Ce travail et bien d'autres encore, nous ont toujours fait vivement désirer d'entendre ici celui qui en est l'auteur.

Enfin, la fille de Henri II et la femme d'Henri IV, Marguerite de Valois; la seconde Marguerite, que le Béarnais appelait un peu familièrement Margot, a eu pour secrétaire de ses commandements un troisième poète, sinon enfant de Cahors, au moins originaire du Querey, mort à St-Céré, où se lisent encore ces quatre vers, gravés par lui sur la porte de son cabinet :

> Las d'espérer et de me plaindre
> Des muses, des grands et du sort,
> C'est ici que j'attends la mort
> Sans la désirer ni la craindre.

François Maynard, dont les Sonnets ont trouvé grâce devant Boileau, fut des premiers de l'académie française; il inaugura ce 9e fauteuil, où les deux Corneille se sont assis, où Victor Hugo pourrait s'asseoir encore, s'il ne préférait lui-même, aux douceurs de la patrie, les amertumes de l'exil.

Il y a dans le caractère et le talent de ce poète — je parle de Maynard — un fond de légitime orgueil et de fierté blessée qui lui attire nos secrètes sympathies.

On ferait une étude intéressante sur cet amour de l'indépendance qui le rend malheureux auprès des grands, et sur cette passion des choses distinguées que la retraite ne peut assouvir.

En attendant que quelque esprit curieux et juste, nous fasse faire avec lui une plus ample connaissance, écoutons cette réponse qu'il adresse de St.-Céré à une invitation de revenir à la Cour.

> Je donne à mon désert les restes de ma vie,
> Pour ne dépendre plus que du ciel et de moi;
> Le temps et la raison m'ont fait perdre l'envie
> D'encenser la fortune et de suivre le roi.
>
> Faret, je suis ravi des bois où je demeure;
> J'y trouve la santé de l'esprit et du corps;
> Approuve ma retraite, et permets que je meure
> Dans le même village où mes pères sont morts.
>
> J'ai fréquenté la cour, où ton conseil m'appelle,
> Et sous le grand Henri je la trouvai si belle;
> Que ce fut à regret que je lui dis adieu.
>
> Mais les ans m'ont changé. Le monde m'importune
> Et j'aurais de la peine à vivre dans un lieu
> Où toujours la vertu se plaint de la fortune.

Voilà, ce nous semble, quelque chose d'assez bien trempé, âme et vers. Et peut-être n'avons-nous pas eu tort d'aborder devant vous l'histoire d'un genre de poésie où vos compatriotes

ont eu de tels accents. C'est lui, c'est Maynard qui a trouvé
cette expression qui est restée et qui peint avec tant d'énergie
et de vérité les natures avilies, il les appelle des *âmes de boue*.
— Ainsi le Sonnet, dans ses plus beaux jours, a fait répéter ses
quatrains, ses tercets et ses rimes, aux rives enchantées de la
Dordogne et du Lot. Il suffit de prêter l'oreille pour en recueil-
lir les échos. Ce sont, croyez-le, comme on nous le disait si
bien l'autre jour, d'heureux temps et d'heureuses contrées que
ceux et celles où l'on chante si bien.

Isolée de l'Europe par sa situation, l'Angleterre ne ressentit
qu'après nous le grand mouvement de la renaissance; ce mouvement même qui se heurtait chez elle à un climat, à des
mœurs, à une langue également réfractaires, y fut lent et suc-
cessif. Après avoir renouvelé l'architecture, le mobilier, la mode,
il s'empara de l'idée et modifia la poésie. Elisabeth et Shakespeare régnaient alors tous les deux, l'un sur le trône, l'autre
sur la scène; ils avaient vu avec une indicible émotion renaître,
pour ne plus mourir, Homère et Sophocle, Virgile et Horace;
ils avaient vu la gloire et l'immortalité assurées aussi par l'imprimerie à Dante, à Pétrarque, à Ronsard, et tous les deux ils
firent des Sonnets.

Ils auraient pu s'en dispenser l'un et l'autre; car les Sonnets
d'Elisabeth n'ont pas fait oublier ces tragédies qui ensanglantè-
rent son histoire et qui s'appellent le Comte d'Essex et Marie
Stuart, et les drames de Shakespeare, grands comme le monde, immortels comme son nom, ont effacé tous ses Sonnets.

Pourtant Shakespeare n'a pas, comme Molière, jeté dans le
drame ses douleurs personnelles; il s'est contenté d'y peindre la
vie et l'humanité, réservant au Sonnet l'honneur de recevoir
ses confidences intimes.

« Le Sonnet, dit son dernier, son plus heureux traducteur, le
Sonnet, cette strophe musicale et savante, Shakespeare aussi va
la remplir de ses tristesses et de ses joies.... ce mètre tout mé-
ridional que les exigences de la rime rendent presque impossi-
ble aux langues du nord, Shakespeare va l'imposer au sauvage

idiome Saxon. L'anglais, ce verbe brut, si rebelle aux assonnances, si hérissé de consonnes, Shakespeare va le jeter à la fonte du Sonnet et en retirer une langue chaude, étincelante, harmonïeuse, toute ciselée d'antithèses et de concettis, la langue de Roméo et de Juliette, d'Othello et de Desdémona. »

Deux sentiments profonds, l'amour et l'amitié dont les objets sont demeurés pour nous également inconnus, se partagent les Sonnets de Shakespeare. Un troisième éclate parfois violemment au milieu des deux autres, c'est celui de l'humilité, de la bassesse de sa condition.

« Fils d'un artisan sur une terre d'aristocratie, pauvre dans un pays d'argent, comédien enfin au sein d'une nation puritaine, » cet homme de génie a beau lutter et combattre, il se sent d'avance vaincu. — Nous qui mettons l'auteur dramatique au premier rang des auteurs et qui donnons au comédien, quand nous ne le laissons pas mourir de faim, des appointements de ministre, pour savoir ce que pesait à Shakespeare, comme à Molière du reste, cette livrée de bouffon, son gagne-pain, il nous faut l'entendre maudire dans un Sonnet déchirant cette fortune qui ne lui laisse d'autre ressource que de livrer sa vie en pâture au public, et ce métier, pareil à celui du teinturier, qui déteint sur celui qui l'exerce et laisse une tâche à son nom.

Pauvre Shakespeare, que notre Voltaire, ce grand homme d'esprit, traitait encore de barbare; le jour est venu pour toi, comme il vient pour tous, de la justice éclatante et tardive. La gloire t'a purifié; elle t'a vengé.

Par une faveur insigne de la Providence, trois grands poètes ont été donnés à l'Angleterre :

Un grand poète dramatique, Shakespeare;

Un grand poète épique, Milton ;

Un grand poète lyrique, Byron.

Tous les trois ont fait des Sonnets dignes de leur génie.

Les Sonnets d'un autre poète de la même nation ont créé, presque de nos jours, un genre nouveau, tout à la fois descriptif et sentimental, qui s'intitule la poésie de la nature, et qu'on a nommé, des lieux où il a pris naissance, comme aussi d'un thème favori de ses chants, l'Ecole des Lacs.

« Les Lakistes, a dit un critique distingué, représentent le culte sédentaire de la nature ; Lord Byron incarne en lui le génie voyageur de l'Angleterre ; l'irrésistible élan qui emporte aux quatre coins du globe, depuis le robuste chasseur de renard jusqu'à la plus délicate figure de Keepsake, celle race dont la patrie est le monde, et pour laquelle le sol natal seul serait la terre d'exil, poussa le poète à accorder sa lyre à toutes les latitudes ; il fut le Tyrtée de cette phalange de Touristes militants qui s'en vont pieusement à la conquête des grandes impressions locales de l'art et de l'histoire. »

Qui de nous, parcourant les Alpes ou les Pyrénées, n'a pas aperçu de loin sur quelque crête isolée, au bord des abîmes où se précipitent les cascades mugissantes, une blonde miss, au chapeau de paille et au voile vert, calme au milieu de ce tumulte, et comme perdue dans la contemplation de ces spectacles grandioses ? — Voilà le Sonnet de Wordsworth et l'emblème de cette poésie de la nature qui fit l'admiration du siècle naissant ; que notre génération a beaucoup imitée et qu'il est presque de bon ton de railler un peu aujourd'hui.

L'Allemagne est arrivée tard à la civilisation ; son génie a subi l'influence de la France et de l'Angleterre ; ses meilleurs poètes ont fait des Sonnets.

En voici un de W. Schlegel, dont Mme de Staël trouve avec raison l'idée pleine de charmes. Il est intitulé : *L'attachement à la terre.*

« Souvent l'âme fortifiée par la contemplation des choses divines, voudrait déployer ses ailes vers le ciel. Dans le cercle étroit qu'elle parcourt, son activité lui semble vaine, son savoir insensé ; un désir invincible la presse de s'élancer vers des régions plus élevées, vers des sphères plus libres ; elle croit qu'au terme de sa carrière un rideau va se lever pour lui découvrir de magnifiques splendeurs ; mais quand la mort touche son corps périssable, elle jette un regard en arrière vers les plaines terrestres et vers les compagnes de sa vie. Ainsi, lorsque jadis Proserpine fut enlevée dans les bras de Pluton, loin des prairies de la Sicile, enfantine et naïve dans ses plaintes, elle pleurait les fleurs qui s'échappaient de son sein. »

Mesdames et Messieurs, nous ne voulons pas faire pour vous d'un délassement une fatigue, et nous éprouvons nous même le besoin de nous hâter. Nous ne suivrons donc le Sonnet ni en Hollande ni en Suède, où il restaura la langue et la poésie, ni en Ecosse où il rencontra un nouveau Pétrarque, ni en Pologne où il essaya de verser un baume sur d'inconsolables douleurs. La Pologne est cette mère de la bible qui pleure ses enfants et qui ne veut pas être consolée parce que ses enfants ne sont plus.

L'histoire du Sonnet serait celle de la littérature italienne; il tiendrait une large place dans celle de la littérature espagnole et de la littérature portugaise.

L'auteur de Don Quichotte, Cervantès, a fait beaucoup de Sonnets; le chantre de Vasco de Gama, Camoens, en a fait de magnifiques, et Lope de Véga qui fut d'abord soldat et poète comme Camoens, puis poète et prêtre comme Pétrarque et comme Ronsard, et qui a composé dix-huit cents pièces de théâtre, a fait aussi des Sonnets pleins de piété et de foi, dignes enfin de son sacré caractère.

Nous osons à peine faire une citation qui pourtant est de notre sujet.

« Quand j'élève à l'autel la candide victime, et que je vous vois dans mes mains, ô roi de l'éternité, mon indignité m'effraye et votre bonté m'étonne.

» Tantôt mon âme est contenue par la crainte, tantôt elle exhale son amour; le regret de mes offenses m'arrache de douloureux souvenirs.

» Trop souvent les vaines pensées m'ont égaré dans les sentiers de l'erreur; tournez vers moi les regards de votre clémence;

» Et faites que celui qui vous tient dans ses mains indignes ne tombe pas de vos divines mains. »

Ainsi le Sonnet a fait le tour de l'Europe; il a présidé à la naissance de toutes les littératures modernes; les plus grands poètes l'ont adopté et y ont exercé leur génie.

Alors même que le mouvement qui rapproche et resserre l'humanité ne rencontrerait point d'obstacles, s'il n'y avait pas une utilité sociale à faire ressortir sous ses diversités apparentes la grande unité de l'esprit humain, il serait bon encore d'accoutumer la pensée à ne voir dans tous les peuples civilisés que les membres d'une même famille.

Le Sonnet, cette invention en apparence frivole, est donc un témoignage sérieux de la fraternité originaire des peuples.

Après cette rapide excursion que nous venons de faire à la suite du Sonnet à travers le temps et l'espace, nous allons nous retrouver avec lui en France au 17e siècle.

> Mais *hélas ! en ce monde* où les plus belles choses
> Ont le pire destin,
> *Il en est du Sonnet* comme *il en est des roses*
> Qui vivent un matin.

Le Français est enthousiaste et railleur. Que de fois comme le fier Sicambre qui ouvre notre histoire, n'avons-nous pas brûlé ce que nous avions adoré !

A la vérité, pareil à ces enfants trop aimés qui se gâtent, le Sonnet a perdu ses qualités natives et contracté de nombreux défauts; il a subi de mauvaises influences; la recherche italienne et l'enflure espagnole ont presque étouffé en lui le naturel et la simplicité.

Ecoutez ce singulier jargon, et dites si la prétention et le mauvais goût ont jamais enfanté quelque chose de plus bizarre.

Il s'agit des beaux yeux de la duchesse de Beaufort qui font tourner, parait-il, la tête un peu trop légère d'Henri IV.

Voici comment Honorat de Laugier, sire de Porchères, qui sera plus tard de l'Académie (Fauteuil de Boileau, de Chénier, de Châteaubriand) célèbre ces beaux yeux.

> Ce ne sont pas des yeux, ce sont plutôt des dieux,
> Ils ont dessus les rois la puissance absolue;
> Dieux ! Non ! ce sont des cieux ; ils ont la couleur bleue,
> Et le mouvement prompt comme celui des cieux.
>
> Cieux ? Non ! mais deux soleils clairement radieux,
> Dont les rayons brillants nous offusquent la vue.
> Soleils ? Non ! mais éclairs de puissance inconnue,
> Des foudres de l'amour signes présagieux.
>
> — Car, s'ils étaient des dieux, feraient-ils tant de mal ?

Si des cieux, ils auraient leur mouvement égal.
Des soleils ! ne se peut, le soleil est unique.

—Eclairs ! non ! car ceux-ci durent trop et trop clairs ;
Toutefois je les nomme, afin que je m'explique
Des yeux, des dieux, des cieux, des soleils, des éclairs.

Ce Sonnet, que nous trouvons aujourd'hui parfaitement ridicule, a eu en France vingt ans de vogue, et a provoqué d'innombrables imitations. Sa célébrité a égalé celle des deux Sonnets de la belle matineuse, et plus heureux que ceux de Job et d'Uranie qui partagèrent la ville et la cour, il réunit tous les suffrages.

Un poète italien, Annibal Caro, avait fait un Sonnet sur le reveil de la Dame de ses pensées.

Ce Sonnet fut trouvé si beau en France que toute cette foule d'écrivains spirituels ou savants, qui préludait à la gloire du siècle de Louis XIV, se piqua de le traduire ou de l'imiter.

Voiture et Malleville, qui deux fois chacun étaient descendus dans l'arène, demeurèrent vainqueurs dans ce fameux tournoi ; seulement, nul n'osa dire lequel des deux l'avait emporté sur l'autre. La postérité, qui n'a pas les mêmes raisons d'hésiter que les contemporains, demeure comme eux indécise, mais c'est pour déclarer lequel de ces deux monuments du genre précieux nous donne l'idée la plus parfaite de la recherche et de la boursouflure du bel esprit de ce temps.

La poésie régnait dans les salons et surtout dans les ruelles ; les dames se couchaient pour recevoir leurs visites ; des siéges étaient disposés autour de leur lit ; c'était là qu'on venait leur faire la cour. Toute grande maison qui se respectait avait son poète en titre, bel esprit pensionné, qui célébrait, dans ses rimes emphatiques, la maîtresse du logis et soupirait innocemment pour elle. La littérature vivait dans un état voisin du parasitisme antique et de la domesticité moderne.

Le talent de ces poètes à gages, lorsque talent il y avait, renfermé dans ce cercle étroit, dans cette atmosphère musquée, devait singulièrement étouffer et s'amoindrir.

On a fait le vocabulaire de cette froide galanterie. Quelques élégances sont restées ; mais les grands objets que le vrai poète contemple, ces mystères profonds de la divinité, de la nature, et de l'âme humaine, n'ont pas de nom dans cette langue ; la pensée a perdu ses ailes et ne plane plus dans les champs de l'infini.

C'est là le second âge du Sonnet en France ; Voiture en est le Ronsard. Mais l'esprit de Voiture était une de ces liqueurs pétillantes qui éclatent dans les festins et qui laissent à peine un arôme dans le vase qui les a contenues.

Connaissez-vous un peuple qui ait été plus divisé et qui soit cependant plus uni que le peuple français? Quelle est la question sérieuse ou frivole qui n'ait été chez nous résolue à la fois par le pour et le contre? Il y a parmi nous des gens, qui n'ayant d'opinion sur quoi que ce soit, font profession d'être en tout d'un avis différent des autres. Nous nous sommes querellés et même battus pour une foule de choses, et cependant nous sommes aujourd'hui le peuple du monde le plus justement jaloux de cette union qui fait la force et de cette solidarité qui assure la grandeur.

Le Sonnet a eu sa part dans nos discordes ; princesses et marquis se sont passionnés, qui pour Job et Benserade, qui pour Voiture et Uranie. Les Uranistes et les Jobelins ont fait autant de bruit que n'importe quelles autres factions en France, et s'ils n'ont pas versé beaucoup de sang, en revanche ils ont vidé bon nombre d'écritoires. Il n'aurait pas fallu moins qu'épuiser la nôtre pour retracer les péripéties de cette longue lutte dont le retentissement nous étonne, quand nous en envisageons les objets.

Il paraît même qu'au fort de la querelle il y avait danger à se prononcer : quelques habiles pourtant s'en tiraient, et quelques sots aussi.

Corneille, un Normand, comme vous savez, fit à propos des deux fameux Sonnets le petit Sonnet que voici :

> Deux Sonnets partagent la ville ;
> Deux Sonnets partagent la Cour,
> Et semblent vouloir tour-à-tour
> Rallumer la guerre civile.

Le plus sot et le plus habile
En mettent leur avis au jour,
Et ce qu'on a pour eux d'amour
A plus d'un échauffe la bile.

Chacun en parle hautement,
Suivant son petit jugement ;
Et s'il faut y mêler le nôtre,

L'un est sans doute mieux rêvé,
Mieux conduit et plus achevé ;
Mais je voudrais avoir fait l'autre.

Brave Corneille, nous aimons mieux pour vous et pour nous que vous ayez fait le Cid, Horace, Cinna et Polyeucte.

Mademoiselle De la Roche du Maine, fille d'honneur de Sa Majesté, qui vraisemblablement ne rêvait pas de poésie à cette heure, pressée de se déclarer entre le Sonnet de Job et celui d'Uranie, répondit assez étourdiment qu'elle était pour.... Tobie. — Ce fut l'avis de tous ceux qui n'en avaient pas, ou qui ne voulaient pas en avoir ; ce sera aussi le nôtre.

Cette vieille superstition avait donc encore ses fanatiques. Boileau allait briser l'idole ; on retint son bras. Il se mit alors à brûler l'encens devant elle ; mais non sans y mêler quelques grains d'ironie.

Un Sonnet sans défaut vaut seul un long poème.

Cette hyperbole n'a pas échappé à la parodie.

Oui, dit l'un, un sonnet, même mauvais, aura toujours sur un long poème l'avantage d'être court.

Un civet sans défaut vaut seul un bon dîner,

dit l'autre.

Molière eut plus de franchise et de courage.

Ce grand maître, en fait de naturel et de vérité, comme dit M. Cousin, a traduit deux fois le Sonnet sur la scène.

On dit pourtant que le Sonnet d'Oronte dans le Misanthrope, fut naïvement applaudi des spectateurs, trompés sur les intentions du poète, par l'éducation et les habitudes de leur esprit.

La chute était le point capital, le pas difficile et dangereux, où l'on attendait èt l'auteur et son œuvre ; il fallait quelque chose de nouveau et d'inattendu, qui imprimât à l'âme une aimable secousse ; quelque chose de joli, d'amoureux, d'adorable, comme le dit si bien Philinte, après quoi il n'y eut plus qu'à se pâmer.

> Belle Philis, on désespère
> Alors qu'on espère toujours !

Et quand Alceste dit :

> La peste de ta chute, ... ,
> En eusses-tu fait une à te casser le nez !

C'est le bon sens gaulois qui proteste contre toutes ces fadeurs.

Molière qui doit former lui-même le goût public, n'a pas encore les rieurs de son côté ; on l'accuse d'avoir volé ce Sonnet à Benserade, capable, il faut bien le dire, d'en faire de plus mauvais. Aussi, comme il revient à la charge ! Les travers qu'il attaque ont la vie dure, il le sait ; mais il sait aussi que la raison et la vérité sont invincibles et immortelles.

Le Sonnet de Trissotin, dans les femmes savantes, *sur la fièvre qui tient la princesse Uranie,* — *cette ingrate de fièvre,* n'est pas un coup d'épingle ; c'est un coup de massue, dont le mauvais goût ne se relève pas. — Le Sonnet gravement atteint, essaie de se corriger ; il fait même pénitence avec Desbarreaux, si tant est que Desbarreaux ait jamais fait pénitence, et finalement, il meurt ; c'est le 18e siècle qui l'enterre.

Siècle de prose et de déclamation ; siècle de philosophie et de décadence poétique, où l'esprit et l'improvisation tiennent trop souvent lieu de savoir et d'étude ; où la soif ardente du plaisir et du gain se mêle aux aspirations généreuses ; ce siècle n'a ni le temps ni le goût de ressusciter le Sonnet : il commence par de petits soupers et finit par une grande révolution.

Le Sonnet ne fleurit qu'à ces époques heureuses où la poésie et l'art sont aimés pour eux-mêmes, où le sentiment et la pensée révèlent à l'envie des formes nobles et pures, où tout s'empreint de grâce et d'harmonie, où l'âme humaine s'élance à la poursuite de l'idéal.

Nous avons eu, dans notre jeunesse, le bonheur de traverser une de ces époques.

Les jeunes gens d'aujourd'hui, familiarisés d'enfance avec la poésie nouvelle, ou détournés d'elle par d'autres préoccupations, ne savent pas qu'elles émotions nous avons éprouvées.

C'était dans les dernières années de la restauration.

La génération, à laquelle nous appartenons, était sur les bancs des collèges, récitant et admirant de confiance les froides amplifications lyriques de Jean-Baptiste Rousseau, quand, tout-à-coup, des livres inconnus tombèrent mystérieusement dans les mains de cette jeunesse studieuse : l'un s'appelait les *Méditations*, un autre les *Odes et Ballades*, un troisième, les *OEuvres inédites d'André Chénier*. Tout cela répondait merveilleusement à je ne sais quels vagues sentiments qui fermentaient dans les cœurs ; c'était comme le réveil de la muse immortelle. Combien d'entre nous se dirent : Moi aussi ! moi aussi je suis peintre, moi aussi j'ai quelque chose là. Des voix mélodieuses s'appelèrent et se répondirent de toutes parts. Les peuples oubliant leurs longues inimitiés se réconciliaient dans la littérature et dans l'art. Comme aux jours de la renaissance, l'enthousiasme eût ses manifestes, la poésie sa pléiade. On réhabilita Ronsard. Le Sonnet se réveilla de son long sommeil, et s'il n'a pas retrouvé sa popularité perdue, il y a encore des raffinés et des délicats qui en font leurs délices.

Sainte-Beuve, le premier, a essayé de le rajeunir ; Théophile Gauthier y a mis, avec son style de sculpteur et de peintre, la vive originalité de son idée ; Alfred de Musset toute la grâce de son esprit.

Ce troisième âge du Sonnet, qui sera le dernier, sans doute, a vu paraître trois recueils que l'académie française a couronnés — en souvenir de ses origines — et dont les auteurs sont à peine connus même de ce public qui n'est pas indifférent aux curiosités littéraires. Venus plus tôt, ils n'auraient pas été dédaignés ; mais les temps sont changeants et rapides, et voilà que les flambeaux qui ont guidé notre jeunesse, pâlissent l'un après l'autre et s'éteignent sans retour,

Quoi qu'il en soit, Evariste Boulay-Paty, Josephin Soulary et Edmond Arnould, sont les représentants les plus dignes d'estime du Sonnet contemporain.

Le premier, dont la forme moins heureuse et moins pure a déjà un peu vieilli, est un mélancolique de l'école de Lamartine. Venu jeune à Paris pour y chercher la fortune et la gloire, il a la nostalgie du foyer paternel.

> Souvenir, souvenir, je prends souvent ta lampe,
> Pour m'en aller revoir dans la nuit du passé
> Ce cher logis natal que trop tôt j'ai laissé.
> Vieil escalier, je glisse à cheval sur ta rampe.
>
> La servante m'explique, au mur, la vieille estampe ;
> Je me plains de ma sœur qui m'a trop embrassé ;
> Ma mère me retient, l'alphabet m'a lassé ;
> Elle a ses beaux cheveux blonds encor sur sa tempe.
>
> Mon frère, douce voix, apprend des chants nouveaux ;
> Mon savant père, assis à ses doctes travaux,
> Gronde mes jeux et rit, les trouvent pleins de charmes ;
>
> Et puis sur ses genoux je galoppe vainqueur.....
> Devant ces chers tableaux je pleure à chaudes larmes,
> Sans pouvoir le tarir, source amère du cœur.

Aujourd'hui que la famille à peine formée se disperse, et que pareils aux petits des oiseaux nos enfants nous quittent aussitôt qu'ils ont des ailes, combien de ces chers exilés reviennent ainsi par la pensée vers ce doux nid où nous les aimons tant !

Josephin Soulary, un vivant — à qui nous devons par conséquent des égards — appartient à l'Ecole de la fantaisie ; c'est un artiste en miniature ; il tient les émaux, les camées, les statuettes, les figurines, — le tout magnifiquement édité par un imprimeur de Lyon qui est aussi un artiste, et vendu très cher aux amateurs.

Il faut avouer que le livre vaut son prix ; c'est parfait de for-

me ; ce n'est jamais vulgaire d'idées. On fait à l'auteur ce reproche qu'il aime trop le nu, et que souvent sa pensée est payenne.

Voici une exception.

> Deux cortéges se sont rencontrés à l'Eglise.
> L'un est morne, il conduit la bière d'un enfant ;
> Une femme le suit, presque folle, étouffant
> Dans sa poitrine en feu le sanglot qui la brise.
>
> L'autre, c'est un baptême; au bras qui le défend
> Sa mère, lui tendant le doux sein qu'elle épuise ,
> L'embrasse tout entier d'un regard triomphant.
>
> On baptise, on absout, et le temple se vide.
> Les deux femmes alors se croisant sous l'abside
> Echangent un coup d'œil aussitôt détourné.
>
> Et, merveilleux retour qu'inspire la prière,
> La jeune mère pleure en regardant la bière ;
> La femme qui pleurait sourit au nouveau-né.

Il arrive bien quelquefois qu'un petit enfant qui vient de
naître se rencontre à l'Eglise avec un petit enfant qui vient de
mourir; mais il arrive rarement que la mère de l'un et la mère
de l'autre s'y rencontrent avec eux. Une fois admise cette donnée, légèrement invraisemblable, le double sentiment qu'elle
excite est bien pris au cœur maternel. Quelle femme en effet,
et surtout quelle mère a jamais vu sans tressaillir un enfant
dans ses langes ou dans son cercueil !

Le troisième et le dernier des faiseurs de Sonnets contemporains mérite une mention plus longue et plus honorable.

Né sans fortune, voué toute sa vie aux pénibles travaux de
l'enseignement, Edmond Arnould, a été successivement maître
d'étude, professeur de collége et de faculté ; il était à Auch , en
1836, à Paris en 1853. De chaire en chaire, et par son seul mérite, il s'était élevé jusqu'à cette Sorbonne où tant de grandes
voix ont retenti, quand la mort, une mort soudaine, l'a ravi à
son auditoire qui l'attendait. Il n'avait pas 49 ans. C'est alors
seulement qu'on a su qu'il était poëte.

Au sein de cette vie grave et laborieuse, cet homme a eu chaque jour son heure de recueillement et d'inspiration ; il a fait

pour ainsi dire deux parts de lui-même, l'une extérieure et publique, donnée au travail, au devoir ; l'autre intime et cachée vouée à ce culte divin de l'idéal qui fait les âmes pures et les cœurs élevés.

La spiritualité de l'âme humaine, l'admiration vraie de la nature, l'honnêteté, le patriotisme, l'honneur, la foi, la liberté, — ces sentiments que nous avons la mission et l'orgueil d'inspirer à la jeunesse —, ont trouvé dans les Sonnets de ce poète, qui fut notre collègue, leur expression la plus haute et la plus sincère. — Ajoutons pour vous le faire aimer, qu'il était l'ami lui-même de ce professeur si distingué de l'Ecole de Droit, votre compatriote, auquel nous avions l'honneur de rendre naguère les derniers devoirs.

Après avoir mis dans ses Sonnets toute son âme, Edmond Arnould a eu la pensée d'élargir le cadre de ce petit poème, de s'en servir comme d'une strophe grande et belle et de développer dans une suite de Sonnets une idée vaste et puissante.

Si le temps ne nous avait manqué, nous vous aurions lu ce poème en douze Sonnets intitulé : *Mystère*.

Le captif de Ste.-Hélène, debout sur un écueil, que le soleil dévore et qu'assiége l'Océan, sent naître dans son cœur justement ulcéré la pensée de mettre fin à ses jours.

Le soleil et l'Océan lui conseillent tour à tour d'obéir à la loi suprême du devoir et de supporter l'existence.

Le grand vaincu se résigne et attend noblement l'immortalité.

C'est ainsi que le Sonnet, au dernier degré de son développement, a touché presque à l'épopée, et nous a montré comment le grandiose et le merveilleux pourraient encore être abordés de nos jours.

Le Sonnet pouvait-il mieux finir ?

Mesdames et Messieurs, nous sommes loin des temps où Cicéron disait en s'adressant en plein forum au peuple romain assemblé : qu'il soit saint et sacré pour vous ce titre de poète que les barbares eux-mêmes ont toujours respecté !

Il ne faut pas nous faire illusion; le titre de poète emporte aujourd'hui avec lui je ne sais quelle nuance d'ironie. Faire des vers, et surtout faire des Sonnets n'est pas un crime, c'est quelque chose de pis, c'est un ridicule.

—Messieurs, je suis désintéressé dans la question, je n'ai pas fait un Sonnet de ma vie.—

Heureux toutefois ceux qui possèdent ce travers, si, comme Edmond Arnould, ils savent si bien le cacher, et surtout l'ennoblir, que la postérité, si elle vient à le découvrir en eux, soit forcée de se taire et d'admirer.

www.ingramcontent.com/pod-product-compliance
Lightning Source LLC
Chambersburg PA
CBHW061605180626
46818CB00005B/1959